Antón Čechov

Ragazzi

(1887)

Versione filologica del racconto

a cura di Bruno Osimo

Titolo originale dell'opera: Мальчики
Traduzione dal russo di Bruno Osimo, Emanuele Bero, Eleonora Cavalli, Cristina Ferloni, Francesca Fiacco, Matteo Traficante

Bruno Osimo è un autore/traduttore che si autopubblica

for the ebook edition ISBN 9788898467297
per l'edizione elettronica
for the paper edition ISBN 9788898467662
per l'edizione cartacea

Contatti dell'autore-editore-traduttore:
osimo@trad.it

Sommario

Traslitterazione

La traslitterazione dei nomi è fatta in base alla norma ISO 9:

â si pronuncia come 'ia' in 'fiato' /ja/

c si pronuncia come 'z' in 'zozzo' /ts/

č si pronuncia come 'c' in 'cena' /tɕ/

e si pronuncia come 'ie' in 'fieno' /je/

ë si pronuncia come 'io' in 'chiodo' /jo/

è si pronuncia come 'e' in 'lercio' /e/

h si pronuncia come 'c' nel toscano 'laconico' /x/

š si pronuncia come 'sc' in 'scemo' /ʂ/

ŝ si pronuncia come 'sc' in 'esci' /ɕ:/

û si pronuncia come 'iu' in 'fiuto' /ju/

z si pronuncia come 's' in 'rosa' /z/

ž si pronuncia come 's' in 'pleasure' /ʐ/

Ragazzi

«È arrivato Volódâ!» gridò qualcuno fuori.

«È arrivato il padroncino Volódâ!» strillò Natàl'â, correndo in sala da pranzo. «Ah, Dio mio!».

Tutta la famiglia Korolëv, che aspettava l'arrivo del suo Volódâ da un momento all'altro, si precipitò alle finestre. All'ingresso c'era un grande rozval'ni[1] e un vapore denso saliva dalla trojka di cavalli bianchi. La slitta era vuota, perché Volódâ era già nell'ingresso e si stava slacciando il cappuccio con le dita arrossate, congelate. Il cappotto dell'uniforme del

____

[1] Slitta bassa e larga senza sedile con i fianchi che si dipartono dal davanti.

ginnasio, il berretto, le galosce e i capelli sulle tempie erano coperti di brina ed emanava dalla testa ai piedi un odore di gelo così buono che, guardandolo, veniva voglia di rabbrividire e dire: «Brrr!». La madre e la zia si precipitarono ad abbracciarlo e baciarlo, Natàl'â gli si accasciò ai piedi e cominciò a sfilargli i vàlenki[2], le sorelle si misero a strillare, le porte cigolavano, sbattevano, e il padre di Volódâ, col solo gilè addosso e le forbici in mano, si precipitò nell'anticamera e gridò spaventato:

---

[2] Calzature tradizionali russe, stivali di feltro di lana ideali per camminare sulla neve, ma non impermeabili.

«È da ieri che ti stiamo aspettando! Hai fatto buon viaggio? Tutto bene? Signore, mio Dio, lasciate che saluti suo padre! Cos'è, non sono suo padre?»

«Gav! gav!» abbaiò in tono di basso Milord, un enorme cane nero, sbattendo la coda contro le pareti e i mobili.

Tutto si confondeva in una manifestazione di gioia collettiva, che durò un paio di minuti. Quando il primo impeto di gioia fu passato, i Korolëv si accorsero che nell'atrio, oltre a Volódâ, c'era anche un altro ometto, avvolto in un foulard, in uno scialle e in un cappuccio e coperto di brina; se ne stava immobile in un angolo, all'ombra di una grande pelliccia di volpe.

«Volodička, e lui chi è?» chiese la madre bisbigliando.

«Ah!» si riprese Volódâ. «Ecco, ho l'onore di presentarvi il mio compagno Čečevìcyn, alunno di seconda... L'ho portato a passare un po' di tempo da noi».

«Molto piacere, siete il benvenuto!» disse con gioia il padre. «Mi scuso, sono in tenuta da casa, senza giacca... Si accomodi! Natàl'â, aiuta il signor Čerepìcyn[3] a svestirsi!

---

[3] Il padre sbaglia il cognome dell'ospite, lo deforma con una parola che in russo suona come un composto di «tegola», come se fosse, in italiano, un cognome tipo

Signore, mio Dio, mandate via questo cagnaccio! È uno strazio!»

Dopo un po' Volódâ e il suo amico Čečevìcyn, · frastornati dalla rumorosa accoglienza e ancora

____

«Tegolini». Il cognome vero invece suona come un composto di «lenticchia», come se fosse, in italiano, un cognome tipo «Lenticchietti».

rossi per il freddo, si sedettero a tavola a bere il tè. Il pallido sole invernale, penetrando tra la neve e gli arabeschi di ghiaccio alle finestre, tremolava sul samovàr e tuffava i raggi puri nella *poloskàtel'nica*[4]. La stanza era calda e

---

[4] Stoviglia solitamente di porcellana a forma di insalatiera per lavare le tazze i bicchieri.

i ragazzi sentivano che, nei loro corpi infreddoliti, il caldo e il gelo si solleticavano, non volendo darsela vinta l'un l'altro.

«Ridendo e scherzando siamo già a Natale!» disse il padre cantilenando, mentre arrotolava del tabacco rossiccio in una *papirosa*[5].

____

[5] Sigaretta avente a mo' di filtro un pezzo di cartone arrotolato

«Sembra ieri che era estate e tua madre piangeva, dopo averti accompagnato. E invece eccoti qui... Come corre il tempo, vecchio mio! La vecchiaia arriva in men che

piuttosto largo, per dar modo di tenerla tra le dita anche indossando grossi guanti invernali.

non si dica. Signor Čibìsov[6], mangi,
la prego, senza complimenti! Noi
siamo gente alla buona».

---

[6] Il padre sbaglia di nuovo il
cognome dell'ospite, lo deforma
con una parola che in russo suona
come «pavoncella», come se fosse,
in italiano, un cognome tipo
«Pavoncelli».

Le tre sorelle di Volódâ, Katâ,

Sonâ e Maša – la maggiore aveva

undici anni – erano sedute a tavola

e non staccavano gli occhi dal

nuovo conoscente. Čečevìcyn

aveva la stessa età di Volódâ ed era

alto come lui, ma non era

altrettanto paffuto e pallido, bensì

magro, olivastro, coperto di

lentiggini. Aveva capelli setolosi,

occhi piccoli, labbra grosse, nel complesso era molto brutto e, se non fosse stato per la giacca dell'uniforme, lo si sarebbe potuto prendere per un figlio di cuoco.

Aveva l'aria imbronciata, taceva sempre e non faceva mai un sorriso. Le bambine, guardandolo, compresero subito che, evidentemente, doveva essere un uomo di ingegno e di scienza.

Aveva sempre qualcosa per la testa ed era talmente immerso nei suoi pensieri che, quando gli facevano una domanda, trasaliva, scuoteva la testa e chiedeva se potevano ripetergliela.

Le bambine notarono che anche Volódâ, di solito sempre loquace e di buonumore, questa volta parlava poco, non sorrideva per niente e non sembrava nemmeno contento di essere tornato a casa. Mentre erano seduti a bere il tè, Volódâ rivolse la parola alle sorelle una volta sola, per di più in modo bizzarro. Indicò il samovàr e disse:

«Comunque in California al posto del tè bevono il gin».

Anche lui era immerso in pensieri suoi e, a giudicare dagli sguardi che si scambiava di tanto in tanto con Čečevìcyn, i ragazzi stavano pensando a una stessa cosa.

Dopo il tè andarono tutti nella stanza dei bambini. Il padre e le bambine rimasero seduti al tavolo per continuare il lavoro interrotto dall'arrivo dei ragazzi. Stavano ritagliando fiori e frange di carta

colorata da appendere all'abete.

Era un lavoro piacevole e

rumoroso. Le bambine

accoglievano ogni nuovo fiore

fatto con grida d'entusiasmo, grida

perfino terrorizzate, come se

questo fiore cadesse dal cielo;

anche il papà rimaneva incantato e

di tanto in tanto scagliava le forbici

sul pavimento, prendendosela con loro perché non erano affilate. La mamma irrompeva nella cameretta con aria molto preoccupata e domandava:

«Chi ha preso le mie forbici? Sei stato di nuovo tu, Ivàn Nikolàič, a prendere le mie forbici?».

«Oh Signore mio, neanche le forbici si possono prendere

adesso!» rispondeva Ivàn Nikolàič con voce piagnucolante e, abbandonandosi contro lo schienale della sedia, assumeva la posizione di una persona affranta, ma dopo un attimo tornava a entusiasmarsi.

Le volte precedenti che era venuto, anche Volódâ prendeva parte ai preparativi per l'abete o correva in cortile a osservare il cocchiere e il pastore mentre facevano la montagna di neve, invece ora lui e Čečevìcyn non prestarono alcuna attenzione alla carta colorata e non andarono mai nella stalla, sedettero invece alla finestra e si misero a bisbigliare qualcosa; poi insieme aprirono l'atlante geografico e si misero a esaminare una mappa.

«Prima a Perm'...» diceva sottovoce Čečevìcyn... «da lì a Tûmen'... poi Tomsk... poi... poi... in Kamčàtka... da qui i samoiedi[7] ci faranno attraversare lo stretto di Bering in barca... Ed

---

[7] Popolazioni a nord degli Urali e in Finlandia che parlano lingue samoiede.

ecco l'America... Qui ci sono molti animali da pelliccia».

«E la California?» domandò Volódâ.

«La California è più in basso... Un conto è arrivare in America, ma la California non è proprio dietro l'angolo. Il cibo ce lo possiamo procurare cacciando o rubando».

Čečevìcyn evitò le bambine per

tutto il giorno e le guardò di sottecchi. Dopo il tè serale gli capitò di rimanere per qualche minuto da solo con le bambine.

Era imbarazzato a tacere. Tossì forte per darsi un tono, sfregò con il palmo della mano destra la sinistra, guardò imbronciato Katâ e chiese:

«Ha letto Mayne Reid?».

«No, non l'ho letto... Senta, lei sa andare sui pattini?».

Immerso nei suoi pensieri, Čečevìcyn non rispose a questa domanda, si limitò a gonfiare con forza le guance e tirò un sospiro come se avesse molto caldo. Di nuovo alzò lo sguardo verso Katâ e disse:

«Quando una mandria di bisonti attraversa la pampa al galoppo, la terra trema, e in questo momento i cavalli mustang, spaventati, scalciano e nitriscono».

Čečevìcyn sorrise malinconico e aggiunse:

«E poi gli indiani assaltano i treni. Ma la cosa peggiore di tutte sono le zanzare e le termiti».

«E che cosa sono?».

«Sono come delle formichine, ma con le ali. Mordono molto forte. Sa chi sono io?»

«Il signor Čečevìcyn».

«No. Io sono Montigomo[8], Artiglio di Falco, condottiero degli invincibili».

Maša, la bambina più piccola, lo guardò, poi guardò la finestra, fuori

---

[8] Libera elaborazione di Čechov, forse basata sulla nota marca di rum *Montego Bay*, all'epoca importato anche in Russia.

dalla quale stava già calando la sera, e disse pensierosa:

«Ma lo sai che i ceci[9] li hanno cucinati proprio ieri, da noi».

---

[9] Il gioco di parole qui approfitta dell'assonanza «cece» - «Čečevìcyn», mentre nell'originale si basa sull'assonanza tra questo cognome e le lenticchie.

I discorsi assolutamente enigmatici di Čečevìcyn, e il fatto che fosse sempre lì a bisbigliare con Volódâ, e che Volódâ non giocasse, e se ne stesse sempre a pensare a chissà cosa, – tutto questo era enigmatico e bizzarro. E le due le bambine più grandi, Katâ e Sonâ, si misero a tenere d'occhio i ragazzi. Di sera, quando i ragazzi andarono a letto, le bambine si accostarono alla porta e origliarono i loro discorsi.

E, cosa vennero a sapere! I ragazzi stavano per scappare da qualche parte in America a cercare l'oro; avevano già tutto pronto per il viaggio: una pistola, due coltelli, delle gallette, una lente d'ingrandimento per accendere il fuoco, una bussola e quattro rubli.

Vennero a sapere che i ragazzi avrebbero dovuto percorrere a piedi qualche migliaio di verste, e combattere lungo la strada con tigri e selvaggi, poi cercare oro e avorio, uccidere nemici, mettersi coi pirati, bere gin e alla fine sposarsi con belle donne e coltivare piantagioni. Volódâ e Čečevìcyn parlavano e per l'entusiasmo si interrompevano l'un l'altro.

Čečevìcyn chiamava sé stesso in questo modo: «Montigomo Artiglio di Falco», mentre Volódâ lo chiamava «fratello mio viso pallido».

«Guarda eh, non dirlo alla mamma» disse Kàtâ a Sonâ, mentre stavano andando a dormire. «Volódâ ci porta dall'America l'oro e l'avorio, ma, se lo dici alla mamma, non lo lasciano partire».

Il giorno prima della vigilia Čečevìcyn passò tutto il tempo a esaminare la cartina dell'Asia e prendeva appunti, mentre Volódâ, languido, gonfio come se fosse stato punto da un'ape, camminava burbero per le stanze e non mangiava niente. E una volta

addirittura si fermò davanti

all'icona nella stanza dei bambini,

si fece il segno della croce e disse:

«Signore, perdona me peccatore!

Signore, proteggi la mia povera,

sventurata mamma!»

Verso sera scoppiò a piangere.

Prima di andare a letto, abbracciò a

lungo il padre, la madre e le sorelle.

Kàtâ e Sonâ capivano perché, ma
la minore, Maša, non capiva niente,
proprio niente, e solo dopo aver
dato uno sguardo a Čečevìcyn si
mise a meditare e disse con un
sospiro:

«Nei periodî di magro, dice la balia,
bisogna mangiare piselli e ceci».

Alla vigilia delle festività natalizie di
buon mattino Kàtâ e Sonâ si

alzarono senza far rumore e andarono a guardare i ragazzi fuggire in America. Si avvicinarono di soppiatto alla porta.

«Quindi non vieni?» domandava arrabbiato Čečevìcyn. «Dimmi: non vieni?»

«Oh Signore!» piagnucolava sottovoce Volódâ. «Come faccio a

venire? Mi dispiace per la mamma».

«Fratello mio viso pallido, ti prego, andiamo! Me l'avevi promesso tu che saresti venuto, mi avevi invogliato tu, ma come arriva il momento di andare ti fai venire la tremarella».

«Non... non mi faccio venire la tremarella, è solo che... mi dispiace per la mamma».

«Insomma dillo: vieni o no?».

«Vengo, però... però aspetta. Ho voglia di restare ancora un po' a casa».

«In questo caso, parto da solo!» decise Čečevìcyn. «Me la cavo anche senza di te. E pensare che volevi andare a caccia di tigri, combattere! Quand'è così, restituiscimi i proiettili!»

Volódâ scoppiò in un pianto così amaro che le sorelle non riuscirono a trattenersi e anche loro si misero a piangere sommessamente. Si fece silenzio.

«Quindi non vieni?» domandò ancora una volta Čečevìcyn.

«Ve... vengo».

«Allora vèstiti!»

E Čečevìcyn, per convincere Volódâ, elogiava l'America, ruggiva come una tigre, faceva il piroscafo, imprecava, prometteva di lasciare a Volódâ tutto l'avorio e tutte le pelli di leone e di tigre.

E questo ragazzo magrolino e olivastro con i capelli setolosi e le lentiggini pareva alle bambine eccezionale, straordinario. Era un eroe, un uomo risoluto, impavido, e ringhiava così bene che, non vedendolo, lo si sarebbe davvero potuto scambiare per una tigre o un leone.

Quando le bambine tornarono in camera loro e mentre si stavano vestendo, Kàtâ con gli occhi pieni

di lacrime disse:

«Oh, sapessi che paura, ho!»

Fino alle due, quando si misero a

tavola, tutto era tranquillo, ma a

pranzo d'un tratto si scoprì che i

ragazzi a casa non c'erano. Li

mandarono a cercare nella stanza

dei servi, nella stalla, nella casetta

dal fattore – non c'erano. Li

mandarono a cercare in campagna:
neanche là li trovarono. E poi
bevvero anche il tè senza i ragazzi,
e quando si misero a cenare, la
mamma era molto preoccupata,
addirittura piangeva. E la notte
tornarono in campagna, cercarono,
andarono con le lanterne in riva al
fiume. Dio, che trambusto si
sollevò!

Il giorno dopo venne l'*urâdnik*[10], scrissero una carta in sala da pranzo. La mamma piangeva.

---

[10] Commissario della polizia locale del governatorato.

Ma ecco che vicino al *kryl'có*[11] si fermò un *rozval'ni*, e dalla trojka di cavalli bianchi saliva la condensa.

«È arrivato Volódâ!» gridò qualcuno fuori.

---

[11] Spazio antistante l'ingresso dell'izbà a cui si accede tramite gradini.

«È arrivato il padroncino Volódâ!» strillò Natàl'â, correndo in sala da pranzo.

E Milord si mise ad abbaiare in tono di basso: «Gav! gav!» Venne fuori che i ragazzi erano stati trattenuti in città, al *Gostìnyj dvor*[12] (si aggiravano lì e continuavano a

---

[12] Mercato coperto tipico dei centri storici delle città russe.

chiedere dove si compra la polvere da sparo). Volódâ, come entrò in anticamera, scoppiò a singhiozzare si gettò al collo della madre. Le bambine, tremanti, pensavano spaventate a cosa sarebbe successo adesso, sentivano papà che portava Volódâ e Čečevìcyn nel suo studio e parlava a lungo con loro; e anche la mamma parlava e piangeva.

«Com'è stato possibile?» li sgridava il papà. «Dio non voglia, se lo vengono a sapere al ginnasio, vi espellono. E lei si vergogni, Čečevìcyn! Così non va, signor mio! È stato lei ad avere l'idea, e spero che i suoi genitori la puniscano a dovere. Com'è stato possibile! Dove avete passato la notte?»

«Alla stazione!» rispose fiero Čečevìcyn.

Poi Volódâ era sdraiato, e gli misero sulla testa un asciugamano imbevuto d'aceto. Inviarono un telegramma, e il giorno dopo venne una signora, la madre di Čečevìcyn, e portò via suo figlio.

Quando Čečevìcyn stava andando via, era severo e altezzoso in faccia e, nel congedarsi dalle bambine,

non disse neanche una parola; solo

prese il quaderno di Kàtâ e ci

scrisse in segno di memoria:

«Montigomo Artiglio di Falco».

Dello stesso editore

Poesia

Osip Mandel'štàm, Pietra (edizione cartacea: La Vita Felice)
Osip Mandel'štàm, Tristia. Secondo libro (edizione cartacea: La Vita Felice)
Osip Mandel'štàm, Quaderni di Mosca (edizione cartacea: La Vita Felice)

Anna Achmàtova, Stormo bianco (edizione cartacea: La Vita Felice)
Anna Achmàtova, Rosario (edizione cartacea: La Vita Felice)
Anna Achmàtova, Sera (edizione cartacea: La Vita Felice)
Anna Achmàtova, Tutte le poesie

Marina Cvetàeva Mestiere (edizione cartacea: La Vita Felice)

Marina Cvetàeva Accampamento dei cigni-Separazione (edizione cartacea: La Vita Felice)
Marina Cvetàeva Verste. Poesie 1916-1920 (edizione cartacea: La Vita Felice)
Marina Cvetàeva È ora di spegner la lanterna. Ultime poesie 1936-1941

Aleksandr Blok Bolle di terra - Viola notturna - Maschera di neve
Aleksandr Blok Crocevia (edizione cartacea: La Vita Felice)
Aleksandr Blok Città (edizione cartacea: La Vita Felice)
Aleksandr Blok Poesie sulla bellissima dama
Aleksandr Blok Ante Lucem

Dino Campana Tutte le poesie
Vladìmir Majakovskij Tutte le poesie (1912-1930)
T.S.Eliot Canzone d'amore di J. Alfred Prufrock

Cantico dei cantici

Bruno Osimo Spazio intorno allo squalo

Bruno Osimo Poesie dall'ospedale psichiatrico

Bruno Osimo Poesie apocrife di Anna Ahmàtova

Bruno Osimo A Silva

Bruno Osimo Per tenerti la mano tra coyote e cinghiale

Bruno Osimo Sguardi rubati ; Gianpaolo Tescari

Bruno Osimo Bolle d'accompagnazione

Bruno Osimo Proposta sibillina

Bruno Osimo Ce l'hai scarico da un pezzo

Bruno Osimo Sei un vaso di fiori di campo

Bruno Osimo La scoiattola d'autunno

Bruno Osimo Semiotica semplice
Bruno Osimo Semiotics for Beginners
Bruno Osimo Semiotica per principianti
Lev Vygótskij, Pensiero e parola
Charles Sanders Peirce Filosofia della mente
Jurij Lotman Il testo nel testo
Jurij Lotman Le tre funzioni del testo
Jurij Lotman Autocomunicazione: «Io» e «Un altro» come destinatari
Jurij Lotman Le mie memorie 1922-1940
Jurij Lotman La semiosfera: culture
Jurij Lotman La cultura e l'intelligentnost'
Jurij Lotman Il ruolo dell'arte nella cultura
Jurij Lotman Asimmetria e dialogo
Jurij Lotman Il modello della struttura bilingue

Peeter Torop La semiotica della cultura. Introduzione alla scuola di Tartu fondata da Lotman.

Peeter Torop Biografia privata di Lotman attraverso gli autoritratti. Il discorso interno di uno studioso

Peeter Torop La transmedialità dell'autocomunicazione della cultura

Peeter Torop Sugli inizi della semiotica della cultura alla luce delle tesi della scuola di Tartu-Mosca

Opere di Gógol'

La lettera scomparsa
Notte di maggio ovvero L'annegata
La sera della vigilia di Ivàn Kupàla
La fiera di Soróčinci
Memorie di un pazzo

Opere di Solženìcyn

L'arresto. Vivere e morire ai tempi dei gulag

L'istruttoria. Torture, false confessioni, gulag

Storia delle fogne russe. Ondate di deportazione in gulag

La donna in lager. Vita quotidiana nei gulag

Dùšečka

Zio Vanja

Tre sorelle

Il gabbiano

Il giardino dei ciliegi (L'amareneto)

L'insegnante di lettere

Dama con cagnolino: racconto

Casa con mezzanino (racconto di un pittore)

Racconto della signora X

L'isola di Sachalìn

La dacia nuova

A proposito dell'amore

I mužikì

Alle feste di Natale

Per affari di servizio
Nel baratro
Tre anni
Il duello
Ionyč: racconto
L'arciereo: racconto
La sposa: racconto
Kaštanka: racconto
Ragazzi: racconto
Principessa: racconto

Opere di Tolstój

Imparare a scrivere dai bambini
Infanzia
Non uccidere nessuno
Non posso stare zitto Contro la pena di
morte
Su ciò che viene chiamato «arte»
Il Vangelo spiegato ai bambini
Il parassitismo
Sonata «Kreutzer»
Il desiderio sessuale
Religione e morale

Perché la gente si droga?
Perché non mangio la carne

Opere di Dostoevskij

Notti bianche
Memorie dal sottosuolo
Il villaggio di Stepànčikovo e i suoi
abitanti

Opere di Leskóv

L'ebreo in Russia
Il pellegrino incantato. Il mancino
L'angelo sigillato. L'ebreo in Russia

Opere di Bulgàkov

Comune operaia № 13
Il mago nero
Ho ucciso e altri racconti

Opere di Pùškin

Evgénij Onégin

Bruno Osimo Basic notions of Translation Theory
Bruno Osimo Translation Studies. Contributions from Eastern Europe
Bruno Osimo Handbook of Translation Studies
Bruno Osimo Juri Lotman's Translation Handbook
Bruno Osimo Dictionary of Translation Studies
Bruno Osimo History of Translation
Bruno Osimo Roman Jakobson's Translation Handbook
Bruno Osimo The Translation of Culture
Bruno Osimo Prototext-metatext translation shifts
Anton Popovič La scienza della traduzione
Peeter Torop La traduzione totale
Aleksandar Lûdskanov Un approccio semiotico alla traduzione
Vlahov Florin La traduzione dei realia

Revzin Rozencvejg Manuale di semiotica della traduzione

Jiří Levý La creatività linguistica e letteraria del traduttore

Jiří Levý Stile letterario e stile traduttivo. Come si forma il traduttese

Zuzana Jettmarová Teoria ceca della traduzione

B., S.A. Osimo Distorsione cognitiva, distorsione traduttiva e distorsione poetica come cambiamenti semiotici

Bruno Osimo Manuale del traduttore di Giacomo Leopardi

Bruno Osimo Peeter Torop per la scienza della traduzione

Bruno Osimo La traduzione totale. Spunti per lo sviluppo della scienza della traduzione

Bruno Osimo Teoria della mediazione linguistica

Bruno Osimo Traduzione come metafora, traduttore come antropologo

Bruno Osimo La memoria della cultura: traduzione e tradizione in Lotman

Bruno Osimo Traduzione e nuove tecnologie

Bruno Osimo Terminologia semiotica e scienza della traduzione

Bruno Osimo La lingua non salvata

Bruno Osimo Traduzione giuridica e scienza della traduzione

Bruno Osimo Traduzione della cultura

Bruno Osimo Traduzione letteraria e precisione terminologica

Bruno Osimo Traduzione e qualità

Bruno Osimo Traduzione: aspetti mentali

Bruno Osimo La traduzione totale di Peeter Torop

Aleksandr Ânov Le origini dell'autocrazia
Anatolij Rybakov Gli anni del grande terrore
Raffaello Giovagnoli Spartaco
Mihail Arcybašev Sangue
Mikhail Artsybashev Blood
Julija Voznesenskaja Decamerone delle donne
Solomon Volkov Pietroburgo. Storia culturale
Solomon Volkov Šostakovič e Stalin: l'artista e lo zar
Howard Rheingold Comunità virtuali
Bruno Osimo Il poeta in affari veniva da molto lontano
Bruno Osimo Esercizi di stile traduttivo
Bruno Osimo Melanzane dall'antipasto al dolce
Bruno Osimo Dizionario di psicoanalisi
Lucilla Porta, Una sorta di affetto. Romanzo

Tamara Nigi, *Stazioni di transito. Haiku scritti sull'acqua*

Poesia nascosta. Seicento ricette di cucina ebraica in Italia